폭염 지나 결실로

- 박 열 쓰고, 그리다. -

시詩 목차

Part 1. 항상 즐거움으로

Part 2. 참 좋다

어릴 때, 돋보기로 앞에 앉은 친구의 목덜미에 초점 맞춰 비추면 따끔거리는 이질감에 손을 떨친다. 자리를 옮겨가는 짓궂은 계속된 놀림에 뒤를 돌아보고 소동은 끝이 났던 그때가 지난 여름의 햇살이었다. 돋보기로 빛을 모은 뜨거움이란 표현이 지나치지 않을 폭염이었다.

폭염의 때를 지나야 한다. 그래야 결실의 계절이 온다. 이 단순한 순환도 내게 적용될 땐 추위와 더위는 피하고 싶다. 봄과 가을만 있으라 원하지만 그게 현실에서 가능하지 않는다. 펜을 놓은 지 여러 해, 그래도 감출 수 없는 습성으로 수시로 적은 핸드폰 메모장의 글들이 모여 시집의 이름을 빌려 활자화한다.

앞선 책명을 '겨울 지나 봄으로' 였는데, 이번엔 '폭염 지나 결실로' 라고 했다. 누구에게나 많든 적든 결실은 맺는다. 올해가 아닐지라도 다음 해엔 더 많은 해결이 결실도 있으니 ———.

나는 말을 할 때 직설적으로 거침 없이 하는 듯 하지만 그렇다고 꼭 그렇게 저돌적이지는 않다고 변명하는 것은, 혹 이 책을 접하셨다면 은유적 표현으로 감춘 내면의 내가 있음을 말하고 싶다. 우주의 공간이 어디까지일까? 은하계의 끝은 어디일까를 고민하며 밤하늘 별들을 바라보던 소년이, 꼬리 빛을 뿌리며 떨어지는 별을 보며 그 빛이 끝나기 전 '내일 반찬'이라 뇌이면 새로운 반찬이 더 생긴다는 누나의 말을 그대로 믿고, 지금도 그렇게 별똥별을 바라보는 나는 동심의 용기로 출판에 임한다.

Part 1. 항상 즐거움으로

비움

내 고향 내 살던 추억의 집
그래도 살려니 치우고 버리고
그런데 비우고 나니
엄청 넓다

비우니까 넓어지는 걸
버리니까 넓어지는 걸
검소함은 습관에서 나온 행위일까
욕심에서 나온 태도일까 버리지 못함은

휴지도 버리지 못해
주머니에 보관함은
내 엄니의 습관이었는데
어느 날 나도 그렇게

이제 버리자
미움도 원망도

폭염 지나 결실로

난 어쨌는데 너가 왜라는 질문도
그냥 이리 보기 좋게 넓게 살자
세상이 다 아부지 것이니

항상 즐거움으로

어떤 사람 러닝 머신 위에서
또
어떤 사람은 치우고 버리고
마지막 자신까지 버리고도 즐거움으로

즐겁게 땀 흘림은
보약에 견줄 수 없나니
생명 다할 때까지 즐거움으로

섬김과 사랑 속에 옥시토신 솟아나니
하루가 즐겁고
평생이 아름답다.

한 여름 골방에서

외롭다고 할 새 없이 연령보다 빠른 속도
비탈길 내달리니 어질어질 한 바탕
여름밤 주택 골방 따뜻해서 좋다만
난데없이 오늘 며칠이나 묻는 말

앉았다 일어나며 아야 소리 입에 물고
앞서 걷는 모습 보니 바짓가랑이 헐렁헐렁
빵빵 했던 허벅지 어디 가고 구부러진 등골이요
근육 없는 가슴이나 처진 어깨 활짝 펴소

살았으니 꿈을 꾸고 좋은 세상 누림이니
오늘도 노래하며 앞만 보고 걸어가요
저만치 앞선 님들 따라가며 그냥 걷소
이 밤도 땀 닦으며 웃으며 삽니다

알만큼 안다면

이제
스스로 매이지 말고
타에 의해 묶이지 말며
빈손으로 왔던 그대로
간다고 말만 말고
그리 그리 살 일이다

이제라도
똥도 모음 냄새 나고
버려 묻음 거름 되듯
가진 재능 입으로만 자랑 말고
몸으로 섬길 때니 바로 지금
그리 그리 내려가다 하늘 높이 오를 때 바로 저기

이제
살아온 날 넉넉하니
입으로만 감사 말고 온 맘으로 감사하리

폭염 지나 결실로

앉은 자리 정갈하게 이 밤도 떠날 준비
깔끔했단 소리 듣게
그런데도
읽지 않을 글 치는 타자 소리
버릴 것 손에 쥔 속물이다

추억

좁은 땅덩어리
숱한 전쟁의 참상
역사의 길이만큼 그리도 많았다

군수사령관 윗—컴 장군과 그의 아내 한묘숙
부산 산동네 피난민 천지인데
화재는 삽시간 모든 걸 잿더미로

장군은 군용 목재와 모포를
헐벗은 피난민을 위해 독단으로 임의 결정
나누고 또 나눴다가 당연히 군법 저촉

미 의회 청문회 소환된 장군은
전쟁은 적과 싸움도 중요하듯
국민 돌봄 그에 못지않게 중요하단 호소

의원들 화답 기립박수로 응원

장군의 유해 지금도 부산 유엔 묘지
살아서 한국 죽어서도 수호자로 남겼단다

민주 자유 사랑 실천자들
오늘 있기까지
생명 바친 이방인들 추모로는 부족하다

내 마음이

내 마음이 하늘이면
다 품을 수 있을 텐데

내 마음이 호수라면
다 품고 배도 띄울 수 있을 텐데

내 마음이 바다라면
다 받아주고 상선도 띄어 줄 수 있을 텐데

내 마음이 바위라면
작은 말도 듣고 넘길 텐데

내 마음이 바람이면
다 흘려듣고
바람처럼 날아갈 터인데

내 마음 좁디 좁아

폭염 지나 결실로

바람결에 상처받고
가슴엔 응어리 응어리 긴 세월
마음은 소나무 껍질

돌아오는 길목에서

님이시여!
그래도 돌아올 고향 있어
오시는 길 평안키를 ———

반기는 이 없더라도 서러워 마실 일은
천군천사 나팔 불고 환영 잔치 저만치
부지 불원 다가올 날 멀지 않고 가까우니

한 일 없어 부끄럽다 그때 그 말 잊으소서
삐가뻔적 고대광실 잘난 업적 별 수 없소
많이 많이 가졌어도 놓고 나면 상처뿐

반기는 이 없더라도 어서 오소 고향으로
내 집에서 내 말하고 주숙등기 필요 없소
즐길 일은 수두룩 하루하루 천국이요

폭염 지나 결실로

세상은

세상은
창조주가 만드셨다
낮과 밤도 만드셨다

세상은
선함도 악함도 공존한다
그래서 나는
선함 따라 살려 한다
감동적인 행동에 공감하고 눈시울 붉힌다
나도 그리 살리라 다짐한다

세상은
그래도 살 만하다
생명 그리고 기력이 다할 때까지
섬기며 살리라 다짐한다

현실과 신앙

공개된 비밀
비밀과 공개 그럼 비밀이 아닌데
안 맞는 짝
그러니 진리며 오묘하지

그 진리 선포하는 님은 복되니
오늘도 진리를 선포하는
행복한 자로다
멋지게 섬기시기를

유형과 무형
형상은 무형에서 나오니
자라는 나무와 핀 꽃들이 증거인데
움직이지 않아도 계절을 알고
계절 맞게 꽃으로 열매로 형상을 만드니

형상이 먼저일까 관념이 먼저일까

폭염 지나 결실로

논쟁은 치우고
신앙이 돈 되냐는 비아냥
갈 길이 하도 머니
형상 가진 몸뚱이
여기쯤 좀 쉬었다 가자

나그네 I

구름처럼 바람에 떠밀려 걷는
걷다 보니 산처럼 쌓인 추억
치우지 못한 상처 왜 그리 많은지

바위손같이 둘러붙은 마음속 딱지들
땔감으로 쓰지 못해 거들떠보지 않을
탈 때 나던 매캐한 연기 같은

아서라 두고 떠날 나그네
미움도 다툼도 옹졸함 산물이라면
두고 떠날 나그네니 화날 일 아닐 터

추위 속 껴입을 옷처럼
베풀 일 매진 하고 섬김 씨앗 뿌릴래라
입으로 행동으로 사랑하며 살으리라

난 그냥 인간

겉으로 봐서는
누구도 모른다
그러나
세월 지나 늙어지면
아이처럼 본성 드러나고
나이 들며 흔히들
아이는 두 번 된다더니

열정
무엇에 기반한
무엇을 위한
누구를 위한 것이었던지
걸어온 발자국 뒤돌아보며
회한에 젖는다
그땐 왜 그랬을까

신앙도

인성이 바탕이라면
신앙 빙자 밥벌이였던지
또는
진심으로 그 나라 영광을 위한 삶이었던지
선생 되지 말란 가르침 무겁게 다가온다

그런데
남들이 너는 무엇이냐 묻는데
남들이 보듯
내가 날 알듯 난 무지렁이
난 쓰레기입니다
그래도
날 인간이라 합니다

누군가 사는 이유

사람 떠나도 걸었던
곳곳에 묻어둔 흔적
그 중 사랑 흔적 가슴에 남아
꽃처럼 피어난다
흉내 내지 못할 채색으로

흔적
숨 쉬듯 꽃으로 옷 입고
가꾼 이 떠나도 꽃으로 피어나
스치듯 살아난 땀 흘린 여름 흔적
가을꽃으로 말한다
은은한 가을 향으로

추한 냄새 감추려 날마다 씻어도
말로 글로 걸음마다 남긴 자국
씻을 수 없는 지난 흔적
숨 쉬듯 후회한다

폭염 지나 결실로

더 베풀 걸 더 섬길 걸
껄껄 소리 진동하는데 ────

멀리 바다 건너 님들 사는 곳
추석 전 부치다 못난 나 생각 났단다
사랑한단 말과 함께 보내진 정성
아픈 흔적 싸매어지고
껄껄 소리 덮여지려나
어쩌나 고맙단 한마디론 부족한데 ────

사는 재미

별것 없소
그러니
대단한 것에 목숨 걸 일 없소
되지도 않고 될 수도 없소
주어진 하루 맡겨진 일
작은 것에 감사하고
웃고 즐기다 보면 그리 보낸 하루

지내다 보니
잘했다 칭찬도 받소
작은 가을꽃도 사연 있듯
어찌 긴 삶의 여정 곱기만 하것소
그냥 오늘 작은 일 큰 것처럼 즐기는 것
평범함이 비범임은 역사가 말하고
역사의 기록은 남은 자의 몫이요

잘난 이들 잘난 대로 두고

폭염 지나 결실로

지렁이로 살아도 묵은 땅 옥토로 만든다니
자르면 잘린 대로 이룬 성장 이것이 기적이요
처절한 굶주림에서 이룬 기적 누리고 사는 것처럼
나나 너나 절망은 수치요 일상의 행복은 오늘도 여전하니
하늘 보니 구름이 예술이요
밤에 보는 별처럼 빛날 일상
이것이 행복이요

섬김 꽃

님의 섬김은
한 해를 다 품은
가을꽃 보다 아름답습니다

섬김을
설명할 단어 없어 꽃을 떠올리고
님 생각합니다 멍하니

진하지 않으나 없음도 아닌
은근한 매력 가을꽃 향기처럼
님의 섬김 향기로워 글로 새깁니다

꽃보다 더
멋진 삶
땅끝까지 퍼지는 사랑 향기 꽃입니다

폭염 지나 결실로

외국에선

외양 동일 내면 완전 다름
듣는 귀도 생각하는 머리도
생활 방식 더욱더
그러니 만 가지가 불편하다

낯선 사람 어리둥절 생김새는 동일한데
어찌하여 묻고 또 묻는고
저거 말로 인사하니 이제사 이해한다
넌 어디서 왔냐고 난 한국인
엄지 치켜 격려한다 미소는 통한다

왜 이리 불편한지
허기사 옛날엔 우리도 그랬는데
개구리 올챙이 적 알리없다
간단한 신체검사 듣고 보는 시력 검사
왜 그리도 강압적이고 큰 소리로 외치는지
기 라면 지지 않을 기 센 사나이

폭염 지나 결실로

경상도 머스마도 기죽는다

유효 기간 지난 운전 면허
하루 만에 받는다면 기적이 따로 없다
코로나가 길을 막아 만사 불통이었으니
이제사 길을 찾는 나그네다
불통이 형통 되길 오늘도 소원한다
낯선 곳에서

세상살이 쉽다고

살아보셔 세상살이 쉬운지
먹고 또 먹고 마시고 또 마셨다
뜀뛰기가 큰다기에 쿵쾅쿵쾅 뛰었다
오늘도 먹고 마신다

재화 늘리고 늘려 보셔
언제까지 얼마까지 늘릴는지
늘리고 늘려 가다 뚝 하고 끊어지고
끝 모를 나락으로 떨어진 수치들

주식회사야 주주들의 책임 분산 가능 하나
개인은 나락으로 추락하니
낭패가 따로 없다
그런데 자연 추락 어이할꼬
나무 아래 떨어진 열매 같은 인생
십중팔구 성숙 아닌 겉과 속 노쇠함

폭염 지나 결실로

피할 수 없는 숙명이면
즐겨지고 가야겠다 룰루랄라 노래하자
주제 알고 분수 알아 내 몫 만큼 짊어지자
가진 것 만족하고 살아온 날 감사하자
남은 삶 어떡할지 크신 님께 맡겨 두고
지금 많이 노래하자 내일까지 듣도록

산다는 것은

산다는 게 무엇인지
때론 내가 누군지 또 무엇 하는지
이게 옳은지 그런지도 모르겠다
어디서 와서 어디로 언제 갈지 누가 알까
모를 길 뭐 그리 아등바등 힘겹게 사는지

쉬운 일이 무엇이며
안정된 곳 어디인지
질병은 내 속에 누구도 모를 통증
다리 뻗고 누움이 언제였던지 싶은데
다 겪는 인생길 오늘도 고민한다

정든 님들 한 분 두 분 떠나가고
앞선 어른 없고 보니 순서라면 내 차례
이룬 것 가진 것 남길 것도 없는데
뒤따르는 님들에게 미안하고
앞선 어른들께 부끄럽다

폭염 지나 결실로

귀한 자식 날아갈까 애지중지 키웠는데

바쁜 하루 정신없이 지냈나 보다
얼떨떨 중 나를 찾고
불현듯 나인 줄 모를 때 있겠지 생각하다
그렇담 오늘 살았음에 기뻐하며
내일 주심 기대하리 지금 살았으니
남은 날 얼마일지 몸부림쳐 살다 보면
잘했다 칭찬받고 이젠 쉬라 하실 때 있겠지
지금 살았고 부족함 알았으니
그런 날 기대하리 오늘처럼

고향 산책

도심에 비할 순 없지만
나고 자란 내 집 있어
한 몸 뉘인다

마당 한 켠 모깃불 피우고
방석 위 두루두루 둘러앉아 밥에 채소
꿀맛이 그때였다

세월은 흔적 없이 물 흐르듯 비켜가고
정든 님들 손 때 흔적 이곳 저곳 늘렸는데
태우기도 버리기도 망설여져 오늘도 돌아본다

님들은 이 밤
적막한 밤을 어찌 보내는지
초승달도 서쪽 하늘 넘어갔는데
우짜든지 건강하기를 빌어본다

폭염 지나 결실로

즐거운 날

오늘
배 터지게 사랑받은 날
힘 솟는 진기한 요리로 풍요롭게
더운 날 기 솟는다

정든 얼굴 쳐다봄도 기쁨인데
사랑 듬뿍 인심 넉넉
먹거리도 넉넉하다
에덴동산 풍요로움 이것일세

우짜든지 만사형통
무엇이든 막힘 없이
절로 절로 이뤄지길
두 손 모아 기도한다

감사한 일

만남
즐거운 일
날 위해 베푼 시간이니 더욱더

없는 힘 발버둥 그것도 도움이라니
그렇다 남들도 도울 텐데
무거운 짐 이어지는 나그네

잘 되리라 이기리라 응원한다
바람 센 날 어두운 날 엎드리고
맑은 날 감사 찬송 하다 보면
피안 언덕 다다르면 나의 님 기다린다

폭염 지나 결실로

살면서 I

다들 힘들 거다 이리 더운데
다들 답답할 거다 계절이 반복되니
다들 미치고 팔짝 뛰고 싶을 거다
억울한 일들 많은 우리네 삶

흉악한 사건들 죄 없이 뺏긴 생명들
깨어진 가족들 주어 담을 수 없는 탄식들
어쩌다 이 지경 이르렀나
인심 좋아 여관이 필요 없고
한 끼 식사야 식탁에 숟갈 더 놓음 되었는데
논에서 일하다 새참 먹을 땐 날라가는 새도 불러 먹일 요량

밀기울 개떡 그리 맛있었는데
사카린과 소다 넣음 불그렇게 부풀어 오른
어쩜 그리 맛있었는지
이젠 먹을 게 지천 냉장고 한가득
그런데 어쩌다 인심은 개떡만도 못한지

폭염 지나 결실로

폭염으로 시달렸는데
태풍 올라온단 예보 새벽녘 찬 바람
폭우도 예보하나 알맞은 비 뿌림
세상일도 그러할 터
탓하면 뭣하리
갈 곳 있는 우리 안식할 곳 영원
좋아져 왔던 삶 앞날도 그러리라
풀잎에 맺힌 이슬 햇살 받아 빛나듯이

무더위 속에서

긴 인생 여정
결과만 보려면
그건 죽음일 터

삶의 즐거움은
더위도 추위도
낮과 밤 반복되고
성장 속 여물어진
가을의 풍성

인생 긴 여정
낮들 밤들 모여
성장 계단 만들 듯
삶 속 숱한 웃음과 눈물도
어우러져 빛날 보석이어라

폭염 지나 결실로

하산 길

외롭다고 할 새 없이
연령보다 빠른 속도
비탈길 내달리니
어질어질 한 바탕
오늘이 며칠이오?

너 내 되어 보소
알기 싫거들랑 늙지를 마소
살아온 날 멋졌기에
남은 삶 낭패로다
살았으나 죽었음 육신 먼저 알아
앉았다 일어남도 한 짐 가득

아야 소리 입에 물고 길 걷는 노인네야
숙인 고개 치켜들고 걸어가소
근육 없는 가슴 활짝 펴 걸어보소
허죽허죽 걷는 걸음 헐렁헐렁 바지자락

빵빵 하던 엉치 근육 어디 가고
바짓가랭이만 펄렁펄렁

그것도 살았으니 누림이니
오늘도 노래하리
앞만 보고 걸어가니
저만치 앞선 님들 보노라면
그렇지요 오늘을 즐겨야죠
웃으며 살아야죠
나눔이 별거겠소
고생한다고 한마디 족하다오
묵은 지 김장처럼
백 년 묵은 간장처럼
오뚝이 밑변처럼
성숙의 무게 중심
다져 가고 굳혀 가자

삶이란
낮과 밤 연속인데
밤이기에 휴식하고
낮이기에 활기차게
무게 중심 아래 두고
우리 함께 달려보자

가끔 하늘 본다

흩날리는 먼지처럼
아스콘 덮인 길 흩어진 꽁초들
속 깊이 빨아들인 연기 허파까지
꽁초 버리듯 거침없이 내뿜고
케케한 연초 걸음도 상스럽다

입안 가득 이리저리 돌려 씹다
불과 몇십 분 거침없이 뱉어낸다
버려진 껌 구둣발에 밟히고도
기어이 달라붙어 알아달란 외침
얼룩덜룩 흔적으로 소리친다

세상
내가 발 디딘 세상
물난리 고초 슬픔도 홍수인데
위로 해결 우선인데 힐뜯기에 급급하니
한 몸 건사 버거운데 걱정만 가득

폭염 지나 결실로

세상이 그러한데

긴 장마
사이사이 비친 햇살
흰 구름 채색되어 파란 하늘 수놓으니
간간이 보일 오색 무지개
고개 젖혀 보다 보면 멋진 날 다가오리
화려한 하늘 풍경 석양도 그러하다

장마 전선

추적추적 내리는 비
쉬었다 내리고 내리다 쉬는
가끔 햇살은 구름 비집고
일상은 변함없고 마음 번잡하다

넉넉함이 번뇌 몰고 폭우처럼 밀려오고
찐한 구름 삶 휘감는다
부드러운 손길 그리워할 즈음
쏟아진 햇살 눅눅함 말린다

생각난 찐빵 데워 덥석 입안 가득
뜨거움 밀려올 땐 입천장 비정상
살았음 깨달을 땐 목 줄 따라 쪼르르
앙꼬 팥 내려가고 허기 달랜다

삶의 현장 넉넉하든 빈하든
허기짐 매일반 채움도 동일하니

폭염 지나 결실로

비 내림 상관 말고 마음 채움 서둘레라
구름 너머 비 오듯 오실 님 오시리니

치자 향

달랑 여섯 잎 꽃
순백 아닌 상아 아닌 진줏빛
그는 서럽다 나만의 색인데
그래 너만의 색
참 단조로운데
향은 어쩜 이리 찐하냐

얼음 골 묵은 사과 향 아닌
좁쌀만 한 은독 금목수 꽃 향 아닌
그래 너-만-의 향
샤넬도 반한 귀부인 향수 원료
너만의 향으로 발걸음 붙잡고
생각하게 한다 향으로 살라고

치자꽃 말
한없는 즐거움
씨까지 맺어주고

폭염 지나 결실로

주렁주렁 매달린 추녀 끝 치자
우린 물 밀가루 개어 삔 데 약으로
전 붙일 땐 색소로 노랗게
썩음도 방지하니
방부제로 살라고

만남

당신을 만남이
즐거움이었고
웃음이었다

나그네로
험한 길 걸어도
즐겁게 잘 살아왔음은
당신을 만났기 때문이었다

날마다 즐겁고 행복하세요
오늘은 딱 오늘뿐
우리는 어느 날
또 만날 겁니다 분명히

만날 때까지
당신의 사랑과 섬김을
나는 당신을 그리워하며

추억을 헤아립니다
은하수 별처럼

불멍 즐기며

나만의 공간
자유 숨 쉬는
피안의 성소처럼

불꽃
어둠 내려앉을 때
불꽃 더 빛나고

불꽃처럼 사랑 익어갈 때
사랑 소망 미래까지
넉넉하게 내려앉는다

사람 맘 모르지

님의 맘
모르지
세상 죄 지으시던 맘

님의 맘
알 수 없지
간악한 자의 입맞춤
종의 몸값으로 팔리시던 님

입가에 웃음 띠고
가슴에 비수 감춘 타락한 인간
사악한 자들이 득세하는 세상
가진 재산 권력으로 승리를 노래하니

토끼처럼 살고픈 자
동그란 눈 뜨고
때론 죽은 척하며 널브러지고

정의는 간 곳 없는데

그래도 살아보니 사필귀정
억지스런 간악한 자 멸망도 빠르고
흔히들 하는 말 공수래 공수거니
오늘도 하늘 보고 걸어가자

커피가

커피 길을 잃다
신맛 단맛 고사하고
쓴맛조차 실종시킨 마이너스 손

몸 배인 감각들 다 어디 숨었는지
1차 2차 크랙 타기 직전
이건 또 무슨 맛

향기마저 실종시킨
막손에 생두들만 고생이다
국적 잃은 커피 맛

커피 길 찾는다
그러기에 커피다
갈수록 오묘하다

폭염 지나 결실로

늦게 배운 커피 맛

꿀처럼 달달한 싱그럽고 산뜻한
깔끔한 뒷맛 마신 후 입안 가득
쓴맛과 어울린 과일 향
다시 마시고 싶은 감칠맛

커피가
스모그 향 풍기고
온갖 과일 대비되는데
인생의 참맛은 언제쯤

한낮 뜨거움처럼 열정 넘치던 젊음의 때
그때가 좋았을까
아우름을 모르고 무소처럼 돌진하던
그때를 후회한다 상처 받은 사람들 많았을 텐데

늙으막에
맘껏 사색하는 자유 삶 관조하는
식은 커피 아닌 얼음 채운 커피 같이
늙음 노래 한다 육체 벗을 자유를

그때 그리고 지금

그땐 포장길 없었지
맑은 날엔 흙먼지 우중엔 흙탕길
책 보따리
남자애들 가로질러 가슴으로
여자애들 허리 두르고
달릴 땐 딸랑딸랑 양은 도시락

그땐 탈 것도 없었지
50가호 넘는 동네 탈 것은 소달구지
그것도 없는 동네 태반이나 넘었지
내다 팔 5일장 거리
요샛말로 물동량 있는 부촌
달구지도 큰 수입

그땐 먹을 것도 없었지
고기반찬 언감생심 삼시 세끼 먹으려면
기본 토지 당연하고 주막엔 먼발치

오로지 자식 먹일 요량으로 등짐은 다반사
자식들은 오골오골 간식거리 없을 때니
겨울엔 고구마로 여름엔 개떡으로
먹을 것 넉넉할 땐 고대광실 따로 없지

그땐 읽을거리도 없었지
그땐 갖고 놀 장난감도 없었지
그래서 그때
내 손으로 연 만들어 날렸고
내 손으로 스케이트 만들었지
빙판 위를 달렸지 언 손 호호 불며

계절 바뀜 눈으로
새싹 신비 마음으로
새 소리 반응하고
까치 소리 손님 온다
구름 보고 일기예보

자연 속에 우주 품고
밤이면 별 하나 나 하나 헤아리다 잠들고
꿈도 그리 커 갔다

세상 쉬운 일 없니라

세상사 그렇다고
그리 그리 생각하소
우짜든지 본인이유

초등학생 어린 딸
눈병 유행했을 옛적
한 반 환자 몇 명이면
강제 방학 소문 듣고
눈병 걸린 친구 눈 맞잡아 비벼대도

차돌 같은 면역력
눈병 따위 뭣이라고
근접 불가 차단막
안타까운 과거 야기 재밌게 들어주고
속으로 속으로 비는 기도
면역력 키우소서 무쇠 같은 마음으로

폭염 지나 결실로

아픈 맘 시린 맘
눈물 모여 글 되고
하나 둘 쌓았으나 보낼 곳 없다
긴 글 읽지 않아 짧고 짧게 추려본다

살아온 날 계수하니 여린 맘 아기처럼
아린 맘 글로 모아 위로라도 하고픈데
보낼 곳 읽을 사람 어디도 없는데
그것 위에 이것 추가 울림 없는 글이려니
쌓인 것 더 많아도 보낼 곳 하나 없다

살았음에 감사하고 누렸음이 더 많은데
여린 맘은 아기처럼
쭈굴쭈굴 늙은이 방긋 웃음 실종 상태
그러고도 위로받고 싸매임만 바라니
희망 소망 사라지고 사랑마저 떠났는가
초심으로 돌아가자 웃음부터

열매 없다 탄식하면

회개 없는 세상
값싼 사죄 돈 없이
황사처럼 흩날리니
본질은 어디 가고
과객이 주인 되어 민주를 부르짖고

님이시여
그대라도 깨어 있으니
아직 낮이라 씨 뿌리는 모양이다
전봇대 할 일 없다 타박하고
하나 둘 사이 사이 뽑았더니
전선도 끊어지듯
님 자리 서 있어만 주어도
사랑의 힘 값 없는 은혜로 내린다

오늘도 희망 노래 살아만 있어달라
존재 자체 힘이 되듯

폭염 지나 결실로

열매 없다 낙망 마소
그리 그리 살아만 주어도
울 되고 힘 되어 위로 되요

나무 밑둥 놓인 도끼
열매 없다 내리칠 제
한 해만 참아달라 애걸복걸 매달리니
강팍한 마음들은 언제 쯤 깨달을까
그것도 열매일지 산술로 계산 못 할
삶의 가치 한 없다

열매 없는 삶이라도

등짐 위 늙은 아비
힘 겨운 산 길
말 없이 오르는 길
짐승 소리 요란할 제
돌아갈 길 요원한데
고비마다 꺾어진 나뭇가지
표식 삼아 돌아가라

깨달음은 번개 처럼
한순간도 변할 인생
열매 없는 삶이라도
살아옴이 기적이면
살 날도 기적일 터
오늘도 노래하며 웃으며
천만 가지 고민 걱정
다독이며 살으리라

폭염 지나 결실로

한 달이 어찌나 빠른지

하루 하루 살다 보면 휘뜩 휘뜩 지나간다
어려운 일 앞에 두면 언제 저걸 다 치우나
걱정 근심 태산이다

받을 것은 멀고 먼 데 줄 것은 바로 앞 날
한 달 월세 바로 오늘 한 달 전이 엊그젠데
벌써 한 달 달세 낼 날

세상사도 그렇것지 내 일이고 내 몸이니
손톱 가시 기둥 같고 남의 심장 대 못 박고
잘들 자고 자빠졌다

네 일 내 일 같이 한 몸 같이 여기자도
가당치도 않는 말씀 너는 너고 나는 나니
너를 내가 내가 너를 알 턱이 택도 없다
내 배 부름 숟갈 놓고 물끄러미 쳐다보니
부끄러워 숟갈 놓고 다 먹었다 상 치우는

폭염 지나 결실로

놀부 심보 다름 없다

세상사가 다 그런 걸 탓을 한들 알아주랴
그런데도 다행인건 모진 세상 한 달 살이
살았음이 대단하오
반기는 이 없지만도 돌아갈 곳 있으려니
본향 저곳 갈 곳이니 월세 걱정 없는 저곳
내 아버지 계신 곳

나그네 II

허적허적 나그네
길 가는 나그네
몸은 초로이나
마음만은 청춘이다

천 리 먼 길 멀다 마소
만 리 보다 멀고 먼 곳
낯설다 불평 마소
말도 설고 물도 설어
얼굴 색도 설고 선 곳에
나그네로 사는데요

오늘 만난 천사 양반
늙수구레 또래 인데
그도 이도 마음 청춘
아낌 없이 주는 나무
하나라도 챙기려는

폭염 지나 결실로

선한 마음 읽히는데
손에 잔뜩 배도 가득
배 부르고 등 따숩다

잘 사슈 오래 사슈
건강하게 멋지게
은혜 갚을 시간까지
그리그리 장수 하슈
끼니마다 님 생각에
기도마다 은혜롭게
따뜻함이 식기까지
그리 오래 감사하오

그냥 그냥 감사하면
성의 없이 느껴지니
이리라도 표현하니
받은 사랑 큼이로세

두고 두고 오래도록
살이 되고 피가 되어
그 힘으로 견딜라요
다시 한번 꾸벅꾸벅
감사하다 인사 하요

보배들

보기만 해도 배가 불러
웃음은 강처럼 흐르고
소망 내일을 향한다

앞선 자
흐트러진 발자국 지우고
곧은 걸음 걸으련다

뒤따르는
복된 세대 위하여
삶이란 미래를 향하니

사람들

사람 사람들
걷고 또 걷는다
어딘가를 향해서
빠르게 또 느리게
살아온 날 만큼
제 걸음으로

남자 여자 어른 아이
어딘가를 향해서
표정 또한 다르다
살아온 날들
얼굴 주름 골골이 날들을 기록하고
걷고 또 걷는다
제 걸음으로

나그네
길가 앉아

묵은 대화
어딜 향해 그리 그리
제 걸음으로 걷느냐니
한 곳 향해 간단다

희망 안고
기쁨 안고
걷고 또 걷는다
사랑하는 이에게 전할 소식 안고
제 걸음으로

떠오르는 태양처럼
하루도 힘차게
걷고 또 걷는다
제 걸음으로
어둠이 내릴 즈음
내일을 소망한다
안식으로 힘 얻어

그리움

들릴 듯 가까이 문명의 이기
요금 없는 무료 통화
그것도 영상으로
변화의 세상 아래 흩어진 군상들

가까이
더 가까워 손 내밀면 잡힐 듯
영상으론 바로 눈 앞
그럼에도 그리움은 짙어지고

이곳과 저곳
ㅇ과 ㅈ의 차이
참 멀고 참 가깝다

문 열면 이웃
숱한 사람 그냥 지나친다
웃음 거둔 얼굴로 외면한다

폭염 지나 결실로

엘리베이터 안에서도

멀고 가까움
탓일랑 말고
가까운 이웃에게 따뜻한 웃음 건넨다

사랑 어린 그리움
이곳 저곳 가까이 더 가까이
사랑 품고 안아주리

성직이라고

속엔 독
겉엔 무례
이름 하나 거창하다
끝에 성직

걷는 걸음 후다닥
뱉는 말 독설
보는 이 두렵고
당하는 이 당황뿐

나라는 뒷 전
내일도 뒷 전
채우기에 급급하나
살 곳이 어디일까
안전은 도모할까

이 일 어찌할꼬

폭염 지나 결실로

탄식이나 하릴란가
눈물은 말라
살기만 가득하니
인자는 간 데 없다

아서라
그가 나이니
누구를 탓하리
은혜는 위로부터
긍휼만 바랄 뿐

사명자의 걸음

오라는 자 없어
천근 만근 부담 안고
찾는 걸음

돌아보니
걸음 걸음 찰졌기에
오늘도 헛됨 없기를

힘든 나들이
이 집 저 집 건너 건너
나르듯이 걷는 걸음
생명 복 받으라는 걸음걸음

슬픈 맘 은혜받아
받은 상처 치유되고
성숙으로 다듬어져
병든 맘 치유되기를

폭염 지나 결실로

힘내소서
혼자 아니니
허다한 무리 응원 소리
입가에 미소 물고
너그럽게 걸으소서

삶

어머니 태중
완벽한 보호였다
생의 첫 소리 울음
말 못해 울었지만
세상은 너무 달랐다 춥고 낯설었다
주먹 움켜쥐고 악쓰며 울었다

자라면서
살뜰하게 보살펴준 부모님
친구들과 즐거움
깨우쳐 가는 세상 이치 속에
계절의 바뀜도 알았다

세월의 겹 속에
하늘 같던 이상 먹구름 되고
가슴 속 회한 탄식이 되었는데
풀잎 된 존재 바람에도 나부낀다

폭염 지나 결실로

쌓인 눈 녹으며 본심 드러난다
시커멓고 질척거린다

삶의 희망 어디에
밤이 하얗게 낮 되도록
흰 지팡이로 길 찾기에
울 힘도 사라지고
흰 지팡이 의지하여
고개 젖혀 하늘 본다
아무것도 보이지 않는데
아무것도 잡히지 않는데
이것이 삶인데

그래도 다행이다
이곳과 저곳이 멀지 않다
러시아와 한국 이리도 가까운데
삶과 죽음 단어의 차이 뿐

다름은 없다
현실과 천국 여전히 존재하니
이곳과 저곳 단어의 차이처럼

마음

마음
이리도 간사한지
노력하지 않고 잘 되기를
일하지 않고 부자 되기를
입 다물고 있으면서 말 잘 하기를 바라니

마음
참 옹졸하다
하루도 낮과 밤 있고
한 집도 아버지 마음 어머니 마음인데
낮이 밤이길 바라고
밤이 낮 되길 바라니 참 옹색하다

마음
참 변덕스럽다
온갖 식물
물 없이 자랄 수 없는 데

폭염 지나 결실로

조금 목말라도 참을 수 없으면서
비 오는 날
무슨 비가 이리도 오냐고 타박이다

마음
참 진득하지 못하다
남도 아닌 가족이며 이웃인데
얼마나 잘해줬다고
얼마나 참아줬다고
다 상대적인데
그 사이 그걸 못 참고 안절부절

잠 못 이룬 밤

나는 너를 모른다
너도 나를 모른다
우리 서로 모른다 어디 사는지도

너는 나의 아픔 알고
나도 너의 아픔 안다
너는 날 위해 난 널 위해

너와 나는 모른다
우리 어울려 춤춘다
마음과 마음 잠 못 이룸으로

온 밤 곡조 맞춰
온 몸 흔들며
밤 늦도록 하얀 밤 되기까지
마음으로 춤춘다 아픔으로

폭염 지나 결실로

내 속에는

내 속 흐르는 피 따뜻함으로
눈에 고인 눈물
가지마다 눈 쌓인 나목 보고

눈 덮인 백설 위 앉은 새
눈 덮인 이때를 어이할꼬
창고 없는 너희는 어찌 살꼬

더 긴 남은 추위
살았기에 하늘 날고
모진 세상
내 일 양식 없음에도
창가에 앉아 노래한다

따뜻한 방 안
두 겹 세 겹 껴입고도 춥다는데
너희가 우리 길을 보이누나

폭염 지나 결실로

낙심 말고 살아라고

새 날
네가 만든 날 아니니
주어짐이 감사요
살 날은 소망으로 살라고

그래
이제 우리 함께 노래하자
나목이 움트는 소리 듣자
푸를 날이 멀지 않잖으니
꽃 피고
향기 날
그 날이 바로 저 앞이니

삶이란 I

흔히 하는 말 희노애락
진짜 와 그라노
삶을 그리 쉽게 정의할 수 있다고
단지
몇 마디 글로 말로 표현할 수 없다

바쁜 세상
넋두리 들어 줄 대상도 없기에
어떤 이는 소리 없이
어떤 이는 목이 잠기도록 통곡한다
사지와 오장육부가 몸서리치며 운다
오뉴월 오한과 한기에 이불을 뒤집어쓰고서

보리수 아래 앉아야 삶을 알까?
어두운 밤 목마른 나그네
인골 바가지 담긴 물 마셔야 삶을 알까?
흐릿한 눈 초점 잃은 눈 알코올에 찌들어야 삶을 알까?

우유 빛 프로토콜에 의지하면 삶을 알까?
가장 믿었던 사람들에게 배신을 당해 봐야 삶을 알까?
평생 모은 재산 한 방에 날려봐야 삶을 알까?
출신과 학벌만큼 배움과 인격만큼 살아온 세월만큼 알까?

쓰잘데기 없는 군소리 다 치우고
삶이란 그냥 삶이다
살았으니 고민하는 것이다
의미를 떠나서 방향을 떠나서 종착지를 떠나서
그냥 삶이다 살았으니까 고민하는 것이다.

그래도
앉았던 자리가 더럽지 않기를
지나온 자리가 추하지 않기를
할 수 있다면 한 송이 꽃이라도
할 수 있다면 한 그루 나무라도 심고 싶다

바이칼 호수

하늘길 막혔다
바닷길도 막혔다
돌아갈 길 잃은 나그네
난감함은 물가폭등 환율 폭락
이어지는 환율 폭등
어수선한 소식들

길 잃은 나그네
길 찾아 떠난다
고향 찾아 떠난다.
이리저리 돌고 돌아
몽골로 향하다 머문 곳
바이칼 호수
오래 아주 오래 전
하늘 힘 빌어 솟아오른 곳

비행기 타고

높이 높이 오른다 비행기 타고
힘 다해 날아오른다
어디까지 오를까 경쟁하듯 오른다
그러다가 수평 잡은 듯 왜 그럴까 더 오르지 않고
저항을 가장 적게 받는 고도에서 난단다
그래서 8천 피트 상공을 나른다
더 오를 수 있어도 더 낮을 수 있어도
저항을 적게 받아야 연료 소모를 최소화 한단다

달리기도 모자라 나르고 싶다
빠르게 더 빠르게 달리고 싶다
얼마만큼 높이 얼마만큼 빠르게
부딪힘의 저항을 적게 받는 높이와 빠르기는 어디일까?
길 찾는 사람들

어깨를 활짝 펴고 길 걷는 사람들
어떤이 가슴 움츠리고

어떤이는 비굴한 웃음으로 속셈을 감추고
기회를 엿본다 반격의 기회를 하이에나처럼

강함도 약함도
더 오를 수도 더 내려갈 수 없는데
결국엔 외롭고 처절하게 홀로 싸우다 떠나갈 인생인데
어디가 적정한지 물음이 우매함 뿐이라면
그러자
오늘을 자족하며
이곳을 감사하며
목마른 자에게 냉수라도 건네자
물 한 잔 드시고 가소서!

삶이란 II

오래 전
세계 인구 50억에 다가서니 둘만 낳아 잘 기르자고
이제
79억 5천을 넘겼으니
지구도 과적이라 신음하겠다

그런데
삶이라 물어놓고
웬 뜬금없는 인구수냐?

그래 하고 싶은 내 말은
어쩌다가 이리 늘었냐는 것이다
천 만도 많은데 내가 알았던 숫자에 30억이 더 늘었으니

그렇다 삶이란
그냥 늘어나는 것이다.
줄이고 싶다고 다이어트 말하면서 또 먹으니 말이다

폭염 지나 결실로

그래
줄이기 어려우면 그냥 쪼대로 살자
너무 고민 말고
오늘 하루라도 즐겁게 살자
그것이 삶이라고
그러다 보면 어느 날 뭔가 감당 못 할 기적이

너무 멀다고 다 핑계다
이리도 편리한 도구 있는데
어짜든 건강하고
외롭지 말고 잘 살자 위로자 계시니

시베리아 가을

봄 여름 가을 그리고 겨울
단풍 없는 낙엽 지니 가을
더 큰 추위가 오기 전 작물을 거두니 추수

가을은 3일이나 7일 그래도 가을
마가목 열매가 빨갛게 참 빨갛게 주저리주저리
봄엔 봄이라고 꽃 피고 향내 진동하더니
가을이라고 한껏 뽐낸다
새들의 겨우살이 양식이라 수확도 않는다
당연 먹을 줄도 모르고

더 빨리 떨어지기 경쟁이라도 하듯
벌거벗은 나목 긴 추위 혹독한 추위를 견디리라
그러다가 봄 알리는 꽃으로 만발하겠지
그런데 참 딱하게도 나만 미련해서 떨어지는 낙엽
밟히는 낙엽에 가슴 아려온다

폭염 지나 결실로

짙은 운무 추적추적 내리는 빗소리에 가슴이 아린다
가을과 인생을 빗대는 아이의 어리석음 보니
아직도 미성숙한데
어쩌다 나이는 들고 밟히다가 쓸려가는 낙엽에
가슴 저려옴은 나만의 생각인지
물음 논할 사람도 없다

이젠 또 밤
피곤한 육신 잠자리 찾고
그렇게 하루 지나듯
인생사 결국 그리 될 터인데
어찌 생각은 이리도 많은고

낙엽 떨어지면

파르르 파르르 낙엽 떨어진다
앙상한 가지
마지막 남은 한 잎 마저
기어이 떨쳐낸다

바스락 바스락
행인의 발걸음에 짓밟힌다
바람은 또 어찌나 센지
이리저리 몰아댄다.
의지할 곳 없는 낙엽은 그저 쓸려간다

잎 하나 없는 벌거숭이
키는 커서 솟대처럼 홀쭉하다
어둠도 계절 마냥 짙게 내려 앉고
그런데
짙은 어둠 밝히는 은은한 백색
달빛에 물든 빛무리 모은 하얀 기둥 기둥들

폭염 지나 결실로

자작나무 물결이다.
겨울을 이겨낼 은색 물결이다

아! 그렇구나
내년을 살리려고
성장 향한 몸부림으로
그리도 매정하게 한 잎까지 떨궈냈구나
그래 그렇게 순환되는데
잠시 왔다 가는 삶인데
붙잡으면 뭣 하리
쓴 잔도 음미하며 마셔야겠다
감사함으로 받으면 버릴 것 없으니

계단 모서리에

오르내리는 계단 모서리 터 잡은 고들빼기
어쩌자고 이곳에 터를 잡았나 싶었다
메마른 여름도 견디며 생명 이어갔다

가을 접어들 즈음 아직 더위 한창일 때
노란 꽃 피웠다 당연 신기할 수밖에
하나가 둘이 되고 그러다 하얀 수술 달고 씨까지
이젠 노란 꽃 둘에 하얀 씨방 하나

며칠 후
씨방은 바람에 깃대어 하늘 날고
도심 속 어딘가에 새로운 터전을 잡겠지
다음엔 양지바른 옥토면 더 좋겠다
그것도 심약한 철부지 생각

오늘따라
더 부끄럽다

폭염 지나 결실로

계단 모서리 자리 잡고
꽃 피고 씨 맺은 너를 보니
내가 초라하다
그래서 소심한 단상 글로 남긴다
부끄럼 안고
나보다 나은 너에게 배운다

도심 속 계단에

고들빼기 몸에 좋은 줄 다 아는데
뿌리까지 좋다는 것 다 아는데
잎이라도 따 보소 하얀 진 뚝뚝 떨어진다오
근디 왕 고들빼기야 오죽 좋것소

그 고들빼기 하필 우리 집 계단 모서리 햇살 없는 곳에
싹을 틔운단 말이오
하도 신기해서 그냥 오르내리며 보기만 했슈
언제 말라 죽을지만 생각했쥬
근디 말이유 아! 근디 말이유
놀랍고도 신기하게 꽃을 피운단 말이유
햇볕을 쬐고자 고개 까지 쑥 내밀고요

오늘 따라 더 자세히 사진 속 꽃 대를 확인해 보니
진드기가 한 가득이네요
오죽 뜯어묵을 것이 없어 외로이 서 있는 네게 까지
그런 고통 안고 꽃 피고 씨 맺었다니
그것도 모자라 흰 날개 달고

폭염 지나 결실로

멀리멀리 비상의 때를 보고 있다니
그렇게 다음을 이어가겠다니
그저 난 부끄러워 숨을 죽이요

어젯밤
아니 정확히 새벽도 한참 익어갈 대
잠자리 보았는데
이 한 장의 사진이 나를 사로잡네요
생각이 머물러 날개 짓 한다요
진드기도 살겠다면 그것이 내 할 일이라면

그렇다 다 자기 일에 성실하다면
내게 주어진 삶의 현실
진드기가 다닥다닥 붙어 있어도
그냥 감사함으로 받을 수밖에
꽃에 씨까진 아니라도
하얀 날개야 어찌 감히 내게요
그래도 난 그저 범사를 감사로 항상 기쁨으로

살면서 II

인생 살면서 소탐대실 하지 않으리
누군가 때문에도
무엇 때문에도
어떤 사건 때문에도

숱한 일들에 내가 갈망하는
내 인격 배양 도움은 될망정
스스로 쓰레기 되지 않을 철칙을 가졌다면
세월이 흐르는 시간 속 인격이라는 본질 다듬어지고
물질에 자유로워질 것이니

완벽은 아니지만 소소한 자유를
완성은 아니어도 괜찮은 작품을
자식들이 갖고픈 의미의 것으로
세상이 감당 못할 멋진 때를
비록 그것의 끝이 죽음이라도

폭염 지나 결실로

한 잔 커피도 노래한다

커피 생두가
씻고 말리고
보관에 따라

높은 산 척박한 곳에서 잘 익은 열매도
누구에 의해
어떤 온도에서 볶았는지에 따라
맛과 향 달라지고

볶은 콩도
누가 갈고
어디 물
어떤 온도에
얼마나 느리게 빠르게 내렸느냐에 따라
맛과 향이 다른데

온 정성

폭염 지나 결실로

사랑의 향기 넉넉히 부어 기른
다음 세대는 길이 행복하리라

벌써
한 잔 커피 앞에 두고
소망은 미래를 노래하며
손 모아 기도한다

질투

그래
넌 참 재능이 많구나
어쩜 그리도 잘하냐
한마디 칭찬이 뭐가 힘들다고

그만이 가진 감정으로
표현하는 것을
서툴면 어떠리
그런데 말이다.
나부터 피식 웃음이 나오거든
너무 허접해서

그런데 말이다
나도 내가 그런 줄 알거든
그래도 칭찬이 비판보다 좋더라
너는 대단하고 위대하다는 말이 듣기 좋더라

폭염 지나 결실로

그런데 말이다
남들이 안 하니
우짜것노
나라도 내게 칭찬해야지
너는 위대하다고
이게 뭐가 힘들다고

말이 내면의 표현이라면
인색한 칭찬이 옹졸한 속내라면
그 옹색함으로 하루를 살았다
종지그릇 같은 마음으로 오늘까지 살았다면
너나 나나 참 대단하다
위대함 넘쳐 길이 빛날 이름이다

질투는
동토에 묻고
오늘도 잘 살았음에

기뻐하고 감사하자
승리에 취하자
너나 나나 위대한 승리자이니

작은 불 밝히고

늦은 밤
어둠은 추위와 함께 내려앉고
간간히 켜진 불들이 꺼져가도
불 밝힌 님 있어 깨어난다

한 여름 풀벌레 노래
가을 귀뚜라미 아련하고
하다못해 바퀴벌레도 얼씬 않는
겨울 동토의 땅
불 밝힌 소년이 있다

절필한 지 십 년
글들을 잊어갈 때
새로운 문자 야성을 깨운다
어려워도 너무 어려워 포기하고 싶을 때 오기를 북돋운다
듣고 말하기만 원했는데 이방 언어로 글을 쓴다
불을 밝히고

폭염 지나 결실로

작은 빛들이 모여
햇불 되리라
추위 녹일 빛이 되리라
봄 재촉할 온기 되리라
추위 밝힌 빛으로 봄꽃 피우리라
민들레처럼 하얀 꽃씨 달고
더 멀리 날으리라

어른이 된다 함은

나이 든다는 것이 어른일까
그럼 어디까지 들어야 어른일까
뜬금없이 나이 타령 어른 타령 왜
난 젊다고 생각하는데 세상이 어른 취급하고
노령연금 준다네
난 해외 나왔다고 못 받지만

저물어 가는 한 해
그냥 숫자요 점에 불과한데
편의상 줄 세운 것에 불과한데
그런데도
마음의 섭섭함이 밀려들고
찾아오는 마음의 파문은 웰까
세상의 추위가 아리듯이 느껴짐은 뭘까

어른이란
내 삶은

폭염 지나 결실로

내 멋대로 산다며
제 멋대로 사는 것도 참
늙었다고 자리 양보 받으려는 것도
연금이다 뭐다 혜택 받으려는 것도
억지 인사 받는 것이 어른일까

치열하게 살아온 삶이었어도
갈퀴 된 손가락이었어도
잊혀져 가야지
어차피 잊혀지고 사라질 존재인데
연기처럼 사라질 것이라면
마사 연기되지 말자

어른이 되기에는 아직 멀지만
흉내라도 내어보자
미풍처럼 사라지자
잠든 아기 깰세라

발꿈치 들고 살며시 살며시
잊혀지고 사라지자
어른이 아니어도

미성숙을 탓하며

정겨운 점심 나들이
나그네 삶
한 푼이 천 금인데
기쁜 맘 만남이

설익은 땡감
한입 물고 뱉은 땡감
떫기는 왜 그리도

열린 입 자크 없어
줄줄 새는 부끄러움
쏟은 물 거둘 수 없는데
화다닥 화다닥 송곳 되어 쏟아진다

친구야
백 일을 묵힌 맘
한이 되어 쏟았으니

폭염 지나 결실로

허물일랑 눈 속에 묻어주소

아직도
끓는 피
열정 있어 나왔음에
따뜻한 맘으로 품어주소

삶이란 III

삶이란
낮이 밤을 밀어내고
밤이 낮을 밀어내니
결코 만날 수 없다

좋은 일 나쁜 일이
썰물과 밀물처럼
결코 썰물이 밀물 될 수 없다

궂은 날 해를 가렸다고
밤이라 할 수 없듯
밤 없는 하루는 있을 수 없다

어우러질 수 없는
그러나
낮과 밤이 함께여야 하루이듯
썰물과 밀물도 바다에서 어울린다

좋은 일 궂은 일
손실과 탄식
기쁨과 유익들도
가슴과 머리 속에 있다면
이도 어우러짐으로 봐야 할 듯

낮과 밤이 어우러져
한 해가 저문다
어떤 일 만났어도
절망치 않으리
어우러짐으로 나아갈 터이니

Part 2. 참 좋다

참 좋다

고향 집 참 좋다 아궁이도 있어 더 좋다
앞집은 2층으로 옆집은 땅 높여 현대식으로
난 낮은 게 좋다 포근하고 아늑하니
내가 심은 석류 감 매실 포도 배 복숭아나무 심었더니
새들도 질세라 산초 뽕 제피나무까지
다들 하늘 향해 올라가니 집은 점점 낮아진다
그래서 좋다 낮아지니까

생명이야 다 같지만, 아이들의 웃음과 울음소리 좋더라
어린이집 한 켠 차고 차 빼면 사무실
차 넣으면 차고 편리하니 참 좋다
차고인지 창고인지 참 복잡해도 참 좋다
차 빼고 내가 있음 집무실이라 이름한다

여기도 좋고
저기도 좋다
그래서 기대한다 영원한 본향 얼마나 좋을지

폭염 지나 결실로

그 나라 사모한다
육신 거할 곳 이리 좋은데
내 영혼 거할 곳 있음이 참 좋다

행복은 어디에

맑은 하늘만 보아도 사진으로 담고
폭염의 한 낮 불어오는 바람에도
입은 옷 먹는 음식에도
행복, 행복뿐이어라

만나는 사람 사람들
미움도 분냄도 사랑까지도
끝을 맞추니 부질없는 일
못다 한 섬김 한으로 남으니

오늘도 살았음에
내일 만날 희망 있음에
주고받는 문자에도 정 담아 드리니
이것이 행복이라 노래하리

폭염 지나 결실로

노년의 멋

몸이 민첩하지 못하니
생각하고 움직여 좋다
걸음걸음 역사의 기록처럼
사려 깊은 걸음이다

생각도 민첩하지 못하니
생각나는 단어마다 의미가 새롭고
불리는 이름마다 고맙기가 한량없고
더디기에 속 깊은 알곡 같다

찾는 이 없으니 넉넉한 시간이라
외롭기는커녕 계절과 대화하고
성장하는 작물마다 즐겁게 속삭이니
만물이 친구 되어 넉넉하게 화답한다

좋은 시대 살다 보니 걱정없어 좋고
몇 글자 익힌 솜씨 글 표현도 좋을 텐데

폭염 지나 결실로

손에 쥔 문명 이기 이리도 편리하니
우표 없이 전송하니 순간마다 감동이다

죽을 날 두려울까 갈 곳 준비 완벽하니
오늘도 감격 속 땅의 소리 들리는데
귓 전에 꿈틀꿈틀 봄소식 만연하다
마른 가지 물오르고 꽃망울도 벌써

한 해 마지막 날

러시아와 코리아
멀어도 한 참 멀고
이곳도 그곳도 추울 텐데

마지막 남은 하루
벽에 붙어 파르르 파르르
초침 소리 똑딱똑딱 크게 들리고

소중한 나의 날
분노로 맘 상치 않으리
이룬 것 없더라도

흘러간 날들 손실로 보지 않고 기쁨으로
내일을 기대하고 소망 중에 인내하리
그리 그리 모인 날들 품격 되기까지

늙어가는데

늙어감을 어찌하리
그래도
님 온단 소식이나 있으니

영원 나라
가서야
만날 님이라면

그 또한 어찌하리요
그저
오늘 주심에
오늘 건강함에 감사하리

늙어가는 길목
요단강 외나무다리
돌아설 수 없는 외길이니
오직 감사 또 감사하리

선물

추운 날 따뜻한 찐빵보다
길거리 포장마차 오뎅보다
앙징스런 빨간 오뎅 국자
무슨 맛보다 공짜 국물 좋더라

삼백을 헤아린 날들
또 헤아린 육십오
숨 가쁘게 헤아린 삶의 무게
그렇게 한 해가 저물어 갈 때

선물로 오신 위로자여
아기로 오신 소망자여
님과 함께 묵은 찌꺼기 벗어던지고
목 돋우어 희망을 노래하리

그리그리 살아왔듯 살아가리라
걷지 않은 새날들 힘차게 힘차게

폭염 지나 결실로

숨겨진 보화 곳곳에 있으리라
낮은 곳 오신 님 처럼 그리 낮아지리라

옛 해 지나가도 새해 주시기에
마지막 잎새 파르르 떠는 세모에
희망을 노래하리 새 날이여 어서 오라
청춘처럼 달리리 힘차게

님이여!

흘러가는 세월이 성탄까지 다다랐소
홀로 가는 줄 알았으나 세월도 동행했듯
님과 함께한 날들

잘 비빈 비빔밥처럼
멋진 셰프 전능자
지난 한 해 멋지게 비비셨소

성탄으로 오신 소망의 주님처럼
새해 그런 날 또 오리니
때론 고추장 매움도
참기름 한 방울 같은 고소함도
적당히 버무린 그런 날처럼
그리 버무려지기를

늘 고맙소
행복함이 가득하길

폭염 지나 결실로

성탄이기에 더 꼭 쥔 손으로
님의 주를 향한 순정
예쁘게 보실 줄 믿소

위로

열정은 일등 실력은 꼴등
일군이라고 웃기는 소리
24시간 겨울 바다 배 타고 크루즈 여행
님들은 고생하는데

돌아갈 여비까지 섬기기 위해
그래도 즐거움은 평생 처음 해외 나온
버스 타고 왔지만 일군만 누리는 행복
저들 향한 섬김이니

평가는 난 몰라 꼴등다운 섬김으로
웬걸 1진 돌아간 후
더럽게 따라다니던 통증은 어디로
추간판 탈출 병명 절뚝거린 원인
온데간데없다 기적은 지금도

난데없는 2진 에라 모르겠다

폭염 지나 결실로

꼴등다운 발상으로 내일 일은 난 몰라요
까마귀는 살아있다 굶어 죽지 않도록
많은 경험 님들이 계셨기에

섬김이란 이름으로
이것이 위로인데 뭘 그리 움키려고
이 세상 이별 고통의 끝인데
아직도 고통이 남았다면
살았음의 증거이니 이것도 탈탈
섬기고 베풀리라 꼴등 발상으로
나중 된 자 먼저 부르실 줄 믿기에

고향 집 I

늦은 밤
정든 곳 찾아
안식 밤 지내고

숙면
새날 살아갈 힘 주어
땀 흘려 작품 하다 보면
아는 이
추억이란 이름으로
걸작으로 알아주리

하루란 화선지 위
나만의 걸음으로
갈 지 행보라도
즐겁게 땀 흘리니
파란 가을 하늘보다 높은 이상
그리 그리 살아가리 손 모은다

폭염 지나 결실로

외로움

세월 이끼 나이테 겹으로 붙고
가족이란 울타리 안과 밖 삼겹줄
종교 학연 온갖 연줄 얽히고 얽혀
촘촘한 인연 거미줄처럼 널려 있다

늙으신 양가 어머니 당연히 장남 차지
임종 장례 마쳤으니 기본의 자식 노릇
어디서 오는지 밀려드는 회한 한가득
그냥 웁니다 불효자라며

과거
추억꺼리 뿐 생각도 현실도 미래 향하니
이제 잊혀진 사람 되어 앞날을 본다
쉬운 말로 시대가 다르다 달라도 너무
다름의 시대 적응 예측 불가한데
외로움 실타래 되어 과거 향한다

고향 집 아래채 어릴 적 내 방
번듯한 현대식 창문
신식 침대 몸 뉘이고
밀려드는 햇살 받는다
이렇게 혼자 본향 향한다 외로움 안고

추억의 피아노

피아노와 고물
거금 주고 산 피아노 고물로 팔릴 때
손 파르르 떨림은
돈 보다 추억의 긴 기억 떠나보냄을

일만 삼천 원
손에 쥐고
부모님 그리워하며
추억 삼킨다

부모님도 가시고 피아노도 팔고
남겨진 흔적들 가슴에 켜켜이
몰래 감춘 추억 아련히 밀려들 때
힘에 겨운 지출에 힘들었을 부모님 생각

폭염 지나 결실로

고향 집 II

활활
묵은 때
불탄다

부모님
그때부터
덕지덕지 웃붙인 벽지
합판처럼 두껍다

손때 묻힌 흙 바름
아버지 굳은 손 그립다
중방 사이 빈 틈새
땜질부터 해야것다

과거와 현재 이어지길 바라며
한 줌 재일망정
순간으로 불 탈 존재
영원으로 이어지길 소망하며

행복

돌아보니 아득하다
그때도 있었다 힘든 시절
배고플 땐 아니었지만
자식 손에 바나나 쥐여줌은 자랑이었지

어쩌면 그리도 살았을까 철부지들
지내 놓고 보니 소나기 피하듯 몸 젖지 않고
멋지게 살아왔다 싶다 국경 넘어 낯선 곳도
추억의 발자국 숱한 이야기 무지개처럼
한 보자기 두 보자기 밤새울 추억거리

한 세대 넘어 다음 세대로
살아가는 모습들 흐뭇하고 정겹다
가장은 중심 잡고 아내는 즐겨하며
자식들 건강하니 한없는 감사
그리 그리 살아가라 축복한다

폭염 지나 결실로

본향 향한 목적 있고 사람 살릴 귀한 사역
아무나 못 할 일 너희가 하니 기쁨이다
무시로 콜 뜸이 생명 살릴 절호 기회
나만이 할 수 있음 감격으로 춤출 일
그리 그리 살아가라 좋은 일은 지천이다

파랑새 내 집에
행복은 가슴에
담긴 것 소중하게
멋지게 누려가자
많이 많이 사랑한다

감동

돌아온 주인 반기는 강아지들
배 들이밀고 이리 뒹굴 저리 딩굴뒹굴
우리 식 표현 좋아 죽으려고 한다
좋으면 저리 좋을까 싶다

파파 오는 건 복권 당첨 같은 것
두 번 당첨 되어도 이보다 좋을 순 없다고
파파가 공을 찾더니 그게 달이 되고
작은 공 던졌더니 은하계 되었단다
저를 낳은 건 파파란다
자기 잘남도 파파 때문이라 하니

그것도 과정이다
성장의 긴 단계 중 하나라면
지나친 것이 아니기보다는 신뢰하기
믿음 위에 소망 있고 사랑이니
그냥 그대로 예뻐해 주었더니

폭염 지나 결실로

즐겨 가던 동네 목욕탕 함께 간다
씻겨 주고 씻김받고 고사리손 안마 까지
파파 요리 제일이니 고기 사서 집으로
정성 들여 굽은 고기 삼키기 전 이 맛이라 폭풍 칭찬

파랑새 집 안에 있다
먼 귀국 여정 몸은 피곤하다
몸살감기 스멀스멀
침 삼키기 불편하다 밤이 온다
본향 사모 파랑새 있는 곳
영원 나라 님 계신 저곳
님 오실 때까지 한 세대 가고 또 오고
파파 섬김 이어지기를

귀향

낯선 곳 떠난다는
언어가 다른
문화도 다른
몹시 추운 곳으로
처음도 아닌데 그래도 섭섭다

낯선 곳 반길 이 몇이나 될까만
벌써 돌아오는 날 헤아리는 열성 팬
친구들과 만남도 마다하고
부모도 따르지 않고
주말은 온통 나와 함께 하겠다는
어린이 둘

영원 향한 그날도 있겠지
불원간 닥칠 귀향
두 팔 벌려 환영할 앞선 자들
천사들 찬양 들릴 듯하다

폭염 지나 결실로

손에 쥔 것 없는 빈손 귀향도
반갑게 맞아주실 하늘 아버지

한 걸음 뒤로

너와 함께했던
벨기에 브뤼셀
남아공 스텔렌보쉬
중국에서의 너의 수고
러시아까지 이어지는 너의 사랑

다 말하지 않아도
처한 상황이 어떨지
맘 깊은 바닥 어떨지
상상의 나래로 헤아려 본다

나이 듦이 성숙이며
현장 떠남이 완성이면 좋으련만
에덴 떠난 삶의 현장
무슨 일 없겠느냐

오늘까지 살아왔듯 모든 일에 그렇게

폭염 지나 결실로

보다 더 잘 살기를
있거나 없거나
되는 대로 무계획이 아니라
능하신 손에 이끌리는 전적인 인도 받기를

잘 난 사람들

우리 그리 살아보자
옷이나 되어
계급장 보고도 존경하는데
하늘 백성 신분
딱 하루 이 날만
우리 알고 있는 대로

하루 아닌 순간만 다짐대로
결심했으면 실행하자
언제까지
내일 내 시간 아니니 오늘에 충실하자
한 달 삯도 모아 받듯
평생 평가 죽은 후 몫이라면 다음 세대

한강 물에 빠진 사람
입만 둥둥 뜬다던데
지식은 공유 정보는 대중화

아는 것 넘쳐 한강 되었으나
단편 지식 전부인 양 고래고래 소리치니
행동은 실종 소리만 쟁쟁하다

어찌할꼬 이 시대를
많고 많은 소리 주장 통합은 누가 할꼬
억눌러서 하나라던 그 시대는 지나갔고
철학도 부재 어른도 실종
전부가 내 것이라며 한입 덥석 욕심 태산
나만 옳다 눈 가리고 내 주장만 아옹다옹

없는 것 하나라면 사랑 실천 아니런가
모두가 잘난 사람 실제로도 멋있으니
누구 하나 바보처럼 못난이로 살아볼지
사랑 최고 당연하면 계산 없이 실천하자
뉘 하나 몰라줘도 그러리라 다짐하자
하루라도 그리 살자 바보처럼 계산 없이

험악한 세상 살았는데

그대 앞엔 조족지혈 이룸 곁엔 비교 불가
용모 비교 절대 불가 위대한 일 이룬 님아
어찌어찌 버틴 세월 오늘에사 깨닫나니
별것 없다 헛수고다 허허세월 학수고대

세상사에 희망 없다 오직 희망 저쪽 세상
천국 갈 날 뿐이로다 이것 하나 좋을시고
어화둥둥 내 사랑아 절망 말고 노래하자
이 말 위로하고 지고 너도 알고 이웃 알게

얼씨구 절씨구 지화자 좋을시고
눈물겨운 각설이 타령
서얼 씨면 어떠하고 천한 절씨 어떠하리
졸씨라도 좋을 씨다
전쟁 화마 몰고 간 뒤 남은 것은 초근목피
인간 씨도 말랐을 때 각설이 해학 타령

폭염 지나 결실로

어둠이 자리 잡고 안식을 재촉하니
행복이 따로 없고 안락함은 최고로다
땅 속 기 받고 보니 천하 호령 내 것이다
좋은 꿈 꾸시구려 천하 품을 지상 명령
남은 때 할 일 태산 기를 받아 전파하소

보름 달 보노라면

보름 달 보노라면
밤이 왔음 깨닫는다
시끌벅적 온갖 소리 물리치고
고요는 도심에 사뿐히
달빛도 그리 하다
옛날 새각시처럼

보름 달을 보노라면
새달 되었음을 알린다
세상사 너무 바빠 자신도 모르는데
어디 향해 가는지도 모르는데
낮처럼 밝힌 둥근 달빛
나를 비춘다

보름 달을 보노라면
세상도 둥글다고
세상 끝 어디라도 굴러가는

폭염 지나 결실로

바다 건너 땅 끝까지
같은 달 둥근 달
사랑 안고 굴러간다

보름 달을 보노라면
소식 달고 굴러온다
기쁨 아픔 굴러온다
달처럼 둥근 맘
굴러 굴러 세상 끝
사랑 품고 그리하자

사색

처절한 사색 가슴 비어지고
잡은 것 살며시 놓고
본향 향한 순례길

회색 도심 환한 불빛
몸 누인 산골 토굴
여기도 빛 아래
지천이 빛이다
별들 빛무리 살며시 내려앉고
받아낸 빛무리에 가슴이 시리다

밤 이슬 맞으며
허적허적 걷는 산 길
짐승들
약한 것은 강한 것에 먹고 먹히는
야생이다
한 마리 야생 추가하나

폭염 지나 결실로

세상 냄새 악취 풍겨
근접지 않으니 역시 홀로이다

홀로 홀로
처절하게 걸어 온 걸음 걸음
가족도 이루고 이웃도 만들고
몸 누일 거처도 꾸몄건만
여전히 홀로이다 이것이 본질인데
허한 마음 시린 맘 왜일까

본향 향한 순례 내려놓고 조용히
이제 마무리 움켜쥔 손가락
힘없어 펼칠 때 그때가 지금인 듯

모두 모두 고마웠다 미리미리 인사 한다
고마움도 미움도 알기에 했겠지
함께 한 세상이었는데
본향 향한 순례자 고마웠다 인사한다

화려한 폭죽놀이

빠방 빠방
빠— 빵 빠— 빵
어둠 속에 터지는 화려한 불꽃 향연
하늘 수놓은 아름다운 작품들
잠시 잠깐 사라질 향연이라도
너무도 아름다워 가슴에 새긴다

담을 수 없는 한계 안고
기록으로 남긴다
한 해 수놓을 아름다운 작품들
다짐 또 다짐
승리의 한 해 멋지게 살겠노라
하늘 불꽃
너와 함께 노래한다

낮 그리고 밤 밝음과 어둠
좋음과 싫음 힘듦과 수월함
이런들 어떠하고 저런들 어떠리

폭염 지나 결실로

낮과 밤 어우러져 하루를 만들고
손실 유익 어우러져 성숙을 만들려면
낮도 밤도 노래하리 폭죽 터트리듯 즐기리라

길 막을 질병 가로놓인 어지러움
폭죽으로 터트리라 불꽃으로 감추리라
멋지고 화려하게 웃으며 살리라
네가 부러워 몸서리치게

멋지며 감사하며 기뻐하며 살려면
낮과 밤 기쁨 슬픔 어우러져
하루하루 한 달 두 달 그리 그리 살려던
노래하며 시작하리 폭죽 소리 응원받아
승리를 노래한다 승리는 내 것이다

노래하며 돌아가리

돌아간다 귀요미들 기다리는 정든 곳으로
돌아간다 내 말 들리는 저곳으로
돌아간다 길들여진 정든 음식 먹으려고

누가 가란 곳 아니고
그렇다고 누가 오란 곳도 아닌데
그리도 낯선 곳 갔음에도
돌아감이 즐거움은 무슨 심보인지

정든 곳 남겨두고 떠남처럼
홀연히 떠날 터인데
그때도 돌아감을 노래하리
나그네 길 청산하고 떠날 때도
돌아가자 돌아가자 그렇게 노래하자

힘없는 나그네
가사 없는 노래도 웅얼거리지 못할 때

폭염 지나 결실로

주름진 입가지만 은혜 웃음 흐르고
눈가에 주르르 감사 눈물 맺히며
그렇게 노래하며 길 떠나자 님 손 붙잡고

개기월식

어젯밤
내 평생
다시 못 볼 멋진 하늘 쇼
보름달은 점점 줄어들고

온갖 빛무리
그 맛은
하늘과 땅의 맛
내 평생 다시 볼 수 없는

수줍어 다 감춘
그래도 잘 익은 붉은 맛
개기월식 맛이었다

12월을 맞으면서

눈 밟으며 길을 걷습니다
눈이 내립니다 하얀 눈이 노래하며 내립니다
사그락 사그락 밟히고도 노래합니다
아프다고 소리칠 것 같은데 따라오며 노래합니다
사그락 사그락 뽀드득 뽀드득

하얀 눈은 계속 내립니다
길 걷는 나그네와 춤추며 길 걷습니다
눈송이와 나그네가 어우러져 춤추며 걷습니다
눈송이와 눈송이들 저마다의 모양으로 어우러져 걷습니다

하얀 눈이 내립니다
눈송이가 물감 되어 그림 그립니다
나무도 길도 차도 큰 집 작은 집도 색감 입힙니다
명암 멋지게 잡아 냅니다
어쩌면 저렇게 계절 표현 잘 하는지
그저 감격합니다

마지막 달력 한 장 떨고 있습니다
큰 꿈 안고 삽니다만
눈보다 멋진 그림 그릴 수 없습니다
함께 어울려 춤추지 못합니다
밟힌다고 꽥꽥거리는 더러운 성격입니다

그래도
마지막 남은 한 장의 달력 앞에 다짐합니다
한 장도 쪼개어 새롭게 살겠습니다
소중한 나의 날
밟힌다고 맘 상치 않으리라 다짐합니다
기쁨으로
소망으로
신앙이 삶 속에
그것들이 내 인격 되도록

12월의 보름 달

달이 너무 밝소
주변 별들조차 숨었으니
더 밝은가 보오

밝은 달빛
가슴에 내려앉으니
님이 시리도록 그립구려

추운 날씨야 겨울 탓 하리요마는
무르익은 달빛에게
어찌 속내까지 감추리요

죽기 전
하늘을 올려다보소
낮이야 바쁘다 핑계 해도
밤엔 그럴 순 없을 텐데

사실
낮엔 바쁜 게 아니라 볼 수도 없잖소
흐린 날이야 뭐가 보이요
맑은 날
강렬한 그 빛을 어찌 보겠소

어둔 밤
별들도 숨 죽였을 때
하늘을 보소
가슴에 내려앉는 시린 빛무리를 받아보소
달이 내 안에
내 안에 어둠 품은 달이 한 가득이요
세상을 품어라시는

참 선물은

난
당신의
아픈 마음
상처 난 마음에
성탄과 함께 작은 선물로
위로 주고 싶었는데

오히려
내가
당신께 큰 사랑 받네요
고마워요
당신의 따뜻한 손길 오래도록
기억할게요

몇 자
단 한 줄 글들의 모임
상처 난 마음들이 위로받는다

폭염 지나 결실로

예수 오셨다
예수 다시 오신다
한 해 동안 쌓인 상처 난 마음
넉넉히 싸맨다
연말 선물로

동토의 땅
상처 난 마음들에 안겨진 선물
아르바트 광장 저쪽
꺼지지 않는 불꽃은 피어오른다
예수 탄생 알린다
그것도 두 번이나

이 밤도 행복하소서
내일도 힘차게 살아갑시다
좋은 날들 참 많아서
소녀의 설렘으로
기다려집니다

은총 충만하소서

성탄은
동지 팥죽으로
나이에게
생명 줄 갉아먹히더라도
희망이란 새 줄 주었습니다

한 해 동안
손실
실망
절망스런 단어들이
사방으로 밀려왔더라도
포기하지 않을 겁니다.
우리는
희망의 새 줄 가졌기 때문입니다

희망의 새 줄은
새해를 준비합니다

태양도 다시 떠오를 준비를

겨울 그리고 봄
봄이면 새 생명들이 또 나듯이
새해라는 희망의 줄 당깁니다.
천지에 피어날 꽃들이 향기로 외칩니다.
희망 있노라고

성탄의 은총 가졌으니
맘껏 누리는 연말
하늘에 오를 희망찬 설계의 무지개
맘껏 펼치시기를 손 모아

한 해가 갑니다

이 년도
속절 없이 갑니다
올 때도 말 없더니
갈 때도 매정하게 떠납니다.

가는 년
붙잡지 않습니다.
이 년 저 년 떠나가도
태양은 그대로
달도 별들도 그대로입니다

지나간 년들
수 없는 년들이 지났어도
닳고 닳은 마음들
강팍한 마음들
수십만 젊은 피흘림에
눈물도 없다

폭염 지나 결실로

다가 올 년
희망의 씨앗
내 년에게 있으려나
이 년의 묵은 때 훌훌 털고
기쁨으로 맞으리

가는 년
오는 년
이 년 저 년에 희망 둘 것 아니라
희망의 본질
그 분에게 있으리
희망의 주인이니

　　보이는 현상은 낮과 밤, 삶과 죽음이다. 그래서였을까? 한 해의 시작과 끝을 춘하추동이라한다. 왜냐하면 인생의 바퀴를 죽음에 맞춘 결과일 것이다.

　　그러나 나는 이를 거부한다. 일 년 중 가장 추울 때는 1월이다. 그러므로 일년은 동춘하추로 표현해야 한다. 인생 삶도 그렇다. 때 어날 때가 가장 연약할 때이다. 세상에서의 인생의 종말이 죽음이라 할 때, 그것은 손실이 아니라 결실이다. 모든 잎 다 떨어진 감나무 저 높은 곳에 달린 빠알간 감 하나, 장대가 닿지 않고 또 까치 밥이라 남긴 잘 익은 감 처럼, 친구도 배우자도 다 떠났더라도 잘 익은 감 처럼 그런 인생 가을을 맞이하고 싶다.

　　왜 출판을? 무슨 상을 받고자 함도 아니며 더욱이 유명인이 되고자 함도 아니다. 여러 권의 책을 냈지만 누구의 추천사도 요청하지 않았다. 이미 출판된 책 보다 더 많은 원고가 쌓여져 있지만 굳이 새로운 장르의 이름을 빌려 출판을 결심한 것은 동심의 존재증명이라 하겠다. 내가 아직도 아이인 것은 다듬지 못하고 막나가는 말씨가 그렇고 여전히 공부하고 있음이 그러하다. 영어 하나면 외국에서 활동이 크게 불편하지 않아도 기여히 중국에서 생활하며 러시아에 이어 일본어에 도전하니 배움에 목마른 청년임이 확실하지 않는가?

내게 말하기를 인생은 나그네이며 허무한가? 어디서 왔다가 어디로 가는지 모른단 말인가? 아니다. 결코 아니다. 인과응보라는 결실의 때가 반드시 있다. 추위가 아직도 한창인 2월에 해맞이 행사를 하는 러시아인들 처럼 봄은 오고 결실의 때는 반드시 온다. 나는 그 날을 헤어짐이라 생각지 않고, 출판으로 추수의 때라고 말하는 것이다. 나의 그림자가 보이지 않을 때 어디 구석진 자리 먼지 덮인 책을 통해 나를 만날 자들에게 인생은 동춘하추라고 말하고 싶은 것이다.

폭염 지나 결실로

2026년 2월 9일 1쇄 발행

지은이 | 박 열
그림 | 박 열

책임편집 | 이경민
디자인 편집 총괄 | 이경민

발행인 | 이경민
발행처 | 마이티북스
* 장미와 여우는 마이티북스의 문예 장르 임프린트입니다.

저작권자 | 박 열

출판사 연락처
전화 | 010-5148-9433
이메일 | novelstudylab@naver.com
홈페이지 | http://마이티북스.com/

ISBN 979-11-994493-9-8